Les murmures de la forêt

À celles et ceux qui aiment jouer
à se faire peur.

On trouve toujours l'épouvante en soi,
il suffit de chercher assez profond.
Heureusement, on peut agir.

André Malraux - *La Condition humaine*

Horreur - d'après le lexique du Centre National de Ressources Textuelles et Lexicales : Violent saisissement d'effroi accompagné d'un recul physique ou mental, devant une chose hideuse, affreuse. Synonyme : effroi, épouvante.

Cette œuvre étant une fiction, toute ressemblance avec des situations réelles ou avec des personnes existantes ou ayant existé ne saurait être que fortuite. Cependant, la réalité est souvent proche et des propos ou des scènes pourraient heurter la sensibilité de certains lecteurs. L'objectif n'étant en aucun cas de blesser quiconque, rappelons que personne n'est obligé de lire une histoire jusqu'au bout.

Les murmures de la forêt

Benoît Houssier et Maud Morel

La neige avait cessé de tomber et la forêt était silencieuse. Le soleil semblait décliner plus vite derrière la crête après cette journée neigeuse. Le ciel était aussi lourd que l'esprit de Pierre était léger. Il gravissait tranquillement le relief qui serpentait entre les pins. Ses raquettes l'empêchaient de s'enfoncer dans la neige et il savait que d'ici peu il serait à l'abri de la cabane. Soudain, un bruit attira son attention. Il vérifia que son fusil était chargé et scruta les arbres immobiles. Rien. Tout était calme. Il reprit sa route. Un vent glacé se leva et il dut courber l'échine pour parcourir les derniers mètres avant son refuge. L'habitation était sobre. Des murs de pierre. Un bon toit. Une pièce équipée d'un poêle, une table, un banc et quatre couchettes. Pierre aimait venir ici l'hiver profiter de la solitude des montagnes. La marche était facile à partir du col et les escapades nombreuses depuis la cabane. La réserve de bois était abondante. Pierre accumula quelques brindilles et du petit bois pour démarrer le feu, puis disposa une bûche plus épaisse pour chauffer l'âtre. La pièce s'éclaira d'une lueur réconfortante. Il alluma une bougie pour y voir plus clair et commença à organiser ses affaires. Il avait apporté des provisions qu'il pendit à un crochet pour qu'elles ne soient pas rongées par d'éventuelles souris et sortit son duvet du sac à dos pour le réchauffer. Une fois installé, il prit sa pipe et la bourra de tabac. Il l'alluma en quelques bouffées et s'adossa au mur pour fumer rêveusement. Ces moments de calme et de détente lui faisaient beaucoup de bien.

Son esprit vagabondait sans but précis quand son regard fut attiré par une ombre qui passait devant la fenêtre. Surpris, il regarda dehors, mais la nuit était tombée et ne laissait rien entrevoir au-delà de la faible lueur portée par la bougie. Avec prudence, il prit son fusil et ouvrit la porte. Aucun bruit ne venait troubler la nuit. Seul le crépitement du feu dans le poêle répondait aux battements de son cœur. Pierre retourna à sa place, sur ses gardes. Ces montagnes étaient pourtant tranquilles. Jamais personne n'avait été agressé dans les refuges alentour. Les bêtes sauvages étaient peu dangereuses. Même les loups s'attardaient rarement dans ces zones fréquentées par des randonneurs et les animaux savaient éviter les chasseurs. C'était sans doute une chouette qui était passée près de la fenêtre. Pierre savait que le pire à craindre ici de toute façon était de voir débarquer un groupe de joyeux promeneurs qui avaient décidé de passer la nuit hors de chez eux. Mais ils étaient de moins en moins nombreux à sortir de la ville et, en semaine, rares étaient ceux qui venaient dormir ici. Il fit donc chauffer de l'eau pour le thé et mangea un peu de fromage et de pain en attendant que l'eau bouille. Lorsque le thé fut infusé, une odeur suave envahit la pièce, jusqu'ici comblée de fumée de tabac et d'émanations du poêle. Pierre buvait à petite gorgée. Son regard se perdait dans les volutes montant de la tasse. Il se laissait gagner par le sommeil et, quand il eut tout bu, il alla se coucher.

Il s'endormit rapidement, bercé par le ronflement léger du poêle. Pourtant, sa nuit fut agitée de rêves étranges. Une voix l'appelait dans la forêt. Un chuchotement insistant. Il se réveilla en sursaut alors que le jour était déjà levé. Le feu était éteint et il entreprit avant toute chose de le rallumer. Quand les crépitements furent suffisants, il sortit soulager sa vessie derrière la cabane. Le ciel était d'un beau gris pâle. La neige immaculée couvrait la prairie devant la cabane et la forêt tout autour. En sortant, son regard fut attiré par d'autres traces que les siennes. Des empreintes de loups dans la neige. Ses visiteurs de la veille ? Sans doute avaient-ils été attirés par la chaleur et la lumière. Peut-être les verrait-il en allant explorer les environs ? En attendant, son ventre réclamait son dû. Il croqua dans une pomme en même temps qu'il mettait à chauffer l'eau pour le thé. Les souris n'avaient pas trouvé sa réserve de fruits secs dont il avala une poignée. La chaleur du poêle achevait de le réveiller et il repensait à ses rêves de la nuit. Il n'avait pas l'habitude de faire des cauchemars et se demanda si la fatigue qu'il avait accumulée ces derniers temps ne lui jouait pas des tours. Ce séjour au grand air ferait de lui un homme neuf. Il sirota son thé brûlant en étudiant la carte de la région.

Par où commencer ? La crête en face ? La combe au Sud ? Le gouffre derrière la cabane était à éviter pendant la période hivernale si on ne voulait pas y tomber. Il opta pour la crête, en espérant profiter du point de vue sur les montagnes voisines. Il en connaissait certaines pour les avoir parcourues l'été. À la belle saison, les vautours, les chocards, les marmottes et les bouquetins abondaient, mais l'hiver les rencontres étaient plus frugales. Il prépara son sac et son fusil, au cas où il croiserait un chevreuil ou un lièvre, puis remit du bois dans le poêle avant de quitter la cabane.

Dehors le froid était sec. Il chaussa ses raquettes et se dirigea vers la côte en face. En traversant droit à travers les arbres, il pourrait sans doute atteindre le sommet avant midi et être de retour avant la nuit. Il progressait avec assurance dans la neige fine qui recouvrait une couche bien tassée. Derrière lui, la cabane fumait nonchalamment. Un corbeau lança un cri rauque. Rien d'autre ne troublait la paisible prairie, à part le crissement des raquettes et le souffle de

Pierre. Il aimait marcher dans cette immensité immaculée. C'était comme naître au monde. En approchant de la lisière, il rencontra la trace d'un renard qui filait vers le bois. Il la suivit un moment et trouva un tas de plumes et quelques gouttes de sang sous les arbres. Le prédateur avait visiblement trouvé de quoi se sustenter. Pierre poursuivit sa progression dans la forêt qui poussait à présent à flanc de coteau. Les raquettes s'enfonçaient davantage, mais il parvenait à grimper en s'appuyant parfois sur des troncs. La crête semblait loin, mais il n'était pas pressé. Il monta ainsi tranquillement le dénivelé pour atteindre le balcon qui surplombait une large vallée. Tout était lisse sous la neige. Il poursuivit son ascension sur la croupe pour rejoindre le point culminant, un petit dôme pelé comme une tonsure. De là-haut il pouvait admirer le paysage. La cabane en contrebas, lovée à la lisière de sa petite prairie, puis des montagnes couvertes de forêts enneigées à perte de vue.

L'immensité le comblait de bonheur et il aurait pu rester à cet endroit longtemps, si le froid ne lui avait pas rappelé qu'il avait intérêt à rentrer avant la nuit. Il prit quand même le temps de grignoter avant de repartir et, pendant qu'il mangeait, quelque chose bougea dans la forêt derrière la cabane. Un bouquet de hêtres semblait secoué de tremblements. D'où il se trouvait, Pierre ne pouvait déterminer ce qui provoquait ce mouvement singulier, mais sa curiosité était piquée au vif. En redescendant, ses pensées allaient bon train. Un groupe d'oiseaux peut-être agitaient les branches ? À moins que des sangliers ne se frottent aux troncs ? Toujours est-il qu'il avait repéré où se dressaient les arbres et qu'il irait voir de plus près dès que possible. En route, il entendit de nouveau les chuchotements qui l'avaient réveillé. Il s'arrêta sans percevoir d'autres bruits et pensa que le vent lui faisait peut-être entendre des voix. Il avait aussi lu quelque part qu'à son âge on pouvait avoir des acouphènes. Mais les murmures avaient cessé, alors il reprit sa marche et arriva bientôt à la cabane. Des braises rougeoyaient encore, mais il était temps de recharger le poêle. La journée étant déjà bien avancée, il devrait attendre pour aller explorer l'arrière de la cabane. Ce serait sa destination du lendemain. Une fois le feu ravivé, il prit quelques notes dans son journal : Temps gris mais sans chute de neige. Traces de loup et de renard. Paysage somptueux. Mouvements inhabituels dans les arbres derrière la cabane, observés depuis la crête. Irai voir demain.

Des voix interrompirent sa prise de notes et trois jeunes gens entrèrent dans la cabane en tapant des pieds pour laisser la neige dehors et lancèrent de sonores bonsoirs. Pierre les accueillit sans joie et répondit laconiquement à leurs questions. D'où venait-il ? Depuis quand était-il arrivé ? Et autres banalités dont il se serait bien passé, de même que le récit de leur parcours et de leurs projets qu'il écouta puisqu'il n'avait pas le choix. C'était un jeune couple et la sœur cadette de la fille qui venaient pour la première fois dans cet endroit qu'on leur avait recommandé pour passer une nuit. Pierre se coucha tôt ce soir-là pour échapper aux bavardages de ses bruyants voisins et mit du temps à s'endor-

mir, troublé par son étrange observation et les murmures de la forêt. Son sommeil fut de nouveau agité et il entendit distinctement qu'on l'appelait. Il se leva sans bruit au milieu des ronflements et sortit écouter. La forêt était calme et rien ne venait rompre le silence. Au matin, Pierre fut réveillé par les allées et venues du couple qui se demandait où était la petite sœur.
- Sans doute est-elle partie pour un besoin matinal ou profiter du lever du soleil, tenta-t-il de les rassurer.

D'ailleurs, elle arriva avec un grand sourire en racontant à qui voulait l'entendre que l'endroit était « maaagnifique » et qu'elle voudrait y vivre pour toujours. Le moins longtemps possible, pensa Pierre, en rallumant le feu. Il ne les supporterait pas plus de deux jours, mais tenait à aller vérifier ce qui avait fait bouger les arbres, avant de repartir, si ses encombrants colocataires décidaient de prolonger leur siège. Aussi ne s'attarda-t-il pas à petit déjeuner au chaud, mais prit quelques poignées de fruits secs pour la route et abandonna le trio derrière lui. Le froufroutement de la neige sous ses pas le calmait. Un groupe de mésanges noires voletait à la lisière qu'il longea un moment avant de s'enfoncer dans la forêt. Il neigeait doucement, mais il était un peu à l'abri sous les arbres. Il avait estimé à une centaine de mètres au Sud-Ouest de la cabane les frondaisons qu'il avait vues bouger, près du gouffre d'après la carte. Il avançait prudemment, guettant le moindre souffle. Surveillant à la fois ses pas pour ne pas faire de bruit et scrutant le sous-bois pour observer tout mouvement suspect. Son instinct lui disait qu'il approchait quand il entendit une voix sifflante. Une sorte de chuintement semblait prononcer lentement le mot : « Vieeeeeeeeens ». Il s'arrêta. Paralysé. Ne sachant s'il devait poursuivre sa route pour satisfaire sa curiosité ou rebrousser chemin en courant. Intrigué, il tendit l'oreille, mais la voix s'éloignait. Rien de visible à l'horizon. Ses pas, plus que sa volonté, l'amenèrent là où il pensait avoir vu les arbres bouger. Alors qu'il s'approchait du bosquet, un cri venu de la cabane mit fin à son exploration.

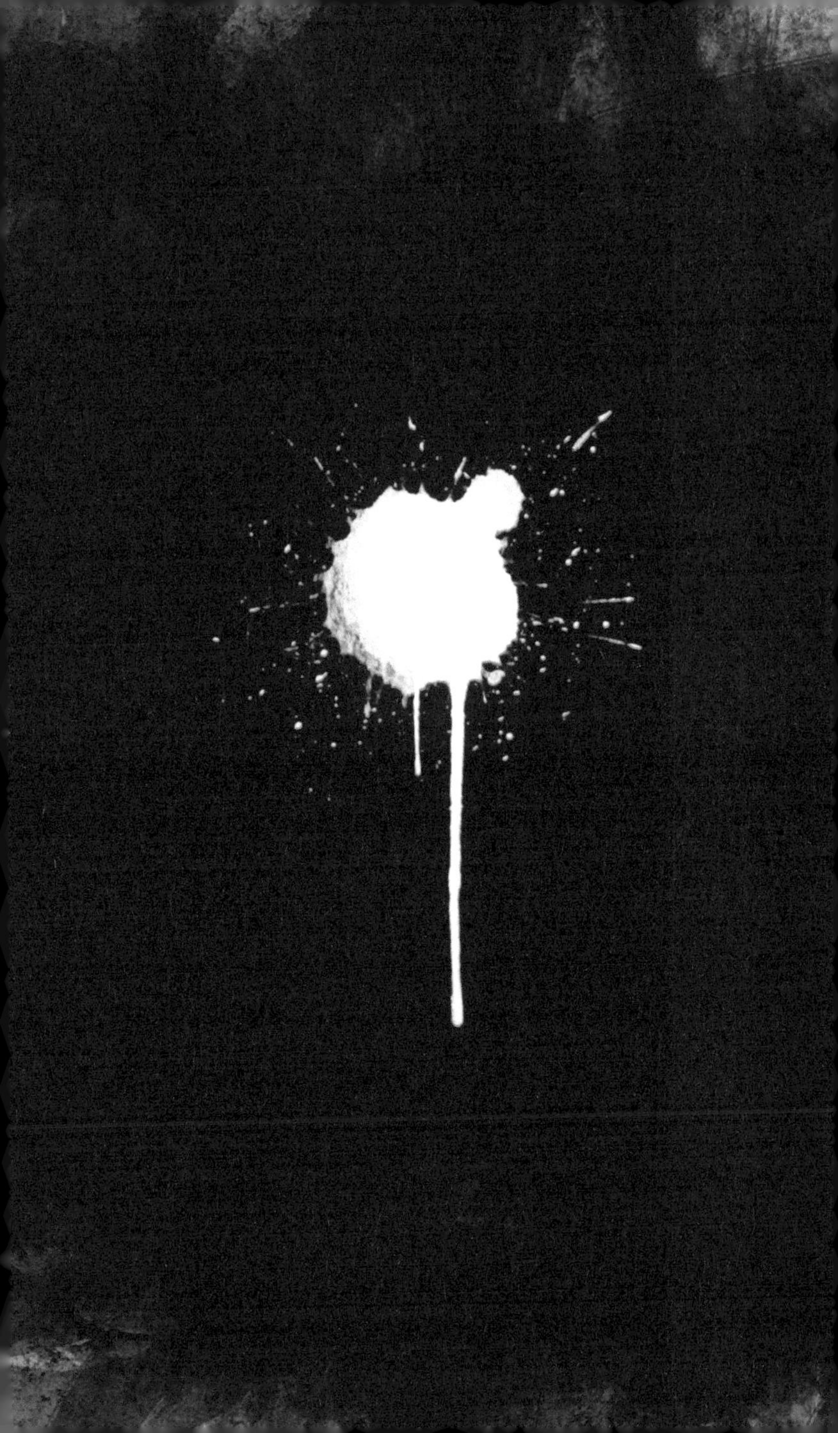

Sans hésiter, il partit en courant porter secours aux jeunes qui étaient en proie à une grande panique. Le garçon semblait torturé et les filles hurlaient comme si elles ne pouvaient rien faire pour lui. Pierre courait aussi vite qu'il le pouvait et trébuchait dans la neige, se rattrapait aux branches puis roulait dans la pente, emporté par son élan. Les cris effroyables lui glaçaient le sang. Qu'allait-il trouver à la cabane ? Il s'attendait au pire et bondit littéralement de la lisière, prêt à tirer avec son fusil, mais craignant qu'il ne soit trop tard pour secourir les deux sœurs. Pourtant, quand il arriva à la cabane, les trois jeunes l'accueillirent avec de grands éclats de rire, s'esclaffant devant son air terrorisé. Pierre ne fit aucun commentaire sur cette mauvaise blague. Il reposa son fusil et fit demi-tour, toujours bien déterminé à élucider ce qui avait provoqué les mouvements de la forêt.

Pendant qu'il retournait à son exploration, il entendit les jeunes l'appeler, lui dire que c'était pour rire. Mais il se fichait de ces plaisantins et son envie augmentait de connaître l'origine des phénomènes qui troublaient la forêt. De retour à proximité des arbres dont les cimes avaient bougé, une haleine chaude l'enveloppa. Son corps était comme hypnotisé par la zone qu'il cherchait. En approchant, il constata que derrière le bouquet d'arbres régnait un silence qui semblait aspirer les sons alentour. Les troncs n'avaient plus qu'un côté. De l'autre, tout était rongé des racines à la cime. Au-delà, il ne distinguait qu'une absence noire comme la nuit. Soudain, il sentit son corps projeté en arrière et se mit à courir à toute jambe. Il fallait qu'il s'éloigne. Il devait prévenir les autres. Ils devaient tous partir. Le danger le poussait à retourner à la cabane.

Pendant qu'il s'éloignait aussi vite que possible, il entendait de nouveau le couple appeler la fille. Les inconscients ne réalisaient pas le risque qu'ils couraient à rester ici et à poursuivre leurs jeux idiots. Le garçon et sa copine appelaient régulièrement la petite sœur, sans réponse. Cette dernière avait suivi les traces de Pierre quand il était reparti après leur blague. Elle voulait s'excuser. Lui dire qu'elle regrettait. Qu'elle était désolée. Ils ne voulaient pas l'embêter, juste s'amuser un peu.

Elle avait suivi les empreintes un moment, mais la neige tombait davantage et la piste s'effaçait. Elle s'était perdue et avait approché sans le savoir de la zone que Pierre cherchait. Lui continuait de s'éloigner et entendait les autres appeler : « Diana ! » Elle, n'entendait plus rien. Elle était ailleurs. Redevenue enfant. Le petit bois derrière la maison de ses grands-parents était silencieux. Diana entendait sa sœur compter puis déclarer : « J'arrive ! » Elle ne bougeait plus, à l'ombre d'un arbre. Sa sœur ne la trouverait sûrement pas. Pierre constata qu'il tournait en rond. Il longeait la zone rongée. La sœur de Diana ne la trouvait pas et continuer de l'appeler : « Ça suffit maintenant, il faut rentrer. Sors de ta cachette ! » Diana fit quelques pas hors de l'ombre. Des lucioles balisaient la forêt. « C'est joli tous ces petits points lumineux qui dansent dans la neige », pensa-t-elle. Un frisson la parcourut quand elle réalisa que les lumières volaient par deux et n'étaient pas des lucioles, mais des centaines de paires d'yeux qui la fixaient. Une force l'empêchait de poursuivre. La neige la recouvrait. Le froid l'anesthésiait. Elle ne sentait pas les fines mâchoires qui la dépeçaient. Elle s'endormait en rêvant, rongée sur place. Elle allait gagner la partie de cache-cache.

Pierre entendit de nouveau les autres appeler la fille et aperçut un objet coloré sur la neige. C'était un bout de bracelet qu'il avait vu au poignet de la jeune fille. Il le ramassa et suivit les voix qui appelaient Diana. Il devait leur dire de partir. Ils ne devaient pas s'approcher. Il faudrait revenir avec des secours. Sa sœur ne devait pas venir. Le bracelet avait été rongé de façon étrange, comme les arbres. En s'éloignant, il entendit à nouveau un chuchotement qui disait : « Encooore ». Le son se termina dans un léger craquement de branches.

Il devait montrer le bracelet aux autres. Ils devaient venir voir les arbres. Il ne savait plus que penser ni dans quelle direction aller. Son sens de l'orientation ne lui avait jamais fait défaut. Il lui semblait avoir perdu une partie de lui-même en tournant autour dès arbres rongés. Il s'arrêta et les appels reprirent. Il se dirigea vers les voix et parvint à la lisière. Il avait dévié de plusieurs centaines de mètres au Sud et la neige tombait dru sur la prairie. Il longea les arbres en direction des appels puis retrouva la cabane. Le jeune couple était en panique.

- Vous avez vu Diana ? Où est-elle ? Pourquoi vous avez l'air bizarre ?

Pour seule réponse, il montra le morceau de bracelet.

- Qu'est-ce qui se passe ? demanda la jeune femme. Où est ma sœur ?

Elle pleurait à présent dans les bras de son compagnon et lui demandait de la retrouver.

- Il vaut peut-être mieux aller chercher des secours, répondit-il.

- Je peux vous accompagner, déclara Pierre.

La fille se ressaisit et lui tendit son fusil.

- Je veux savoir qui a fait ça au bracelet de ma sœur, ajouta-t-elle.

Pierre leur montra la direction et ils lui emboîtèrent le pas. Il marchait devant sans hésitation. La fille le suivait de près.

Le garçon fermait la marche. Lorsqu'ils arrivèrent près de la zone où Pierre avait trouvé le bracelet, le silence les surprit comme quand il était arrivé la première fois.

- Vous entendez ? demanda la jeune femme. Quelqu'un appelle.

Pierre n'entendait pas cette fois. La jeune femme se retourna et ajouta :

- Où est Marc ?

Le jeune homme avait disparu sans un bruit. Rien ne laissait soupçonner qu'il était là l'instant d'avant. La jeune femme eut juste le temps de dire :

- Monsieur, j'ai peur.

Puis il la vit se figer. Elle se couvrait d'une pellicule sombre de la tête au pied. À l'intérieur, la dernière image que vit Ariane fut le visage de Pierre. Il était beau. Il lui rappelait celui de Marc. « Je t'aime », lui disait-il. Ils cocoonaient sous un plaid dans le canapé du salon. L'appartement était baigné d'une douce lumière. « Fais-moi un bébé », lui répondit-elle. Son regard s'illumina. « Avec plaisir, ma princesse ». Elle s'endormit sur ce doux rêve. Elle serait bientôt maman. Pierre était désemparé. « Je ne peux pas abandonner là cette pauvre fille », pensa-t-il. Alors, il essaya de la déplacer, mais l'enveloppe avait considérablement alourdi le corps. Il devait trouver de l'aide. D'autres devaient venir ici. La fille semblait à l'abri. Il retourna à la cabane, prit ses affaires et emprunta le chemin qui menait à sa voiture pour regagner la ville.

Pendant ce temps, au CEG, le centre d'études géologiques du Sud-Est, les esprits s'échauffaient. Pour la première fois depuis l'existence des mesures sismiques sur la région, une activité avait été observée dans les montagnes préalpines, événement incompréhensible dans cette zone particulièrement calcaire. Aucune manifestation de ce genre n'était censée avoir lieu dans ce type de sol. Pourtant les relevés étaient formels, une secousse avait eu lieu et avait sûrement provoqué un effondrement. Le tremblement était cependant minime et n'avait peut-être même pas été ressenti sur place, la zone étant inhabitée. Une équipe irait vérifier sur le terrain. Karen Moriena, professeure en géophysique, Tomas Jungfrau, alpiniste et spéléologue, et Itashi Fujikano, sismologue, furent envoyés pour prélever sur place de quoi confirmer les mesures relevées par les instruments à distance.

Les trois spécialistes travaillaient ensemble depuis des années au CEG. Karen et Tomas avaient fait connaissance lors d'une mission d'étude des effets des secousses sismiques sur les glaciers d'altitude. Elle avait poursuivi ses travaux en montagne, tandis que lui était parti explorer gouffres et galeries souterraines à travers le monde. Il avait rencontré Itashi sur un volcan du Pacifique où ce dernier étudiait la formation des coulées de lave. Ils appréciaient de quitter le laboratoire pour partir ensemble en exploration. Les trajets étaient l'occasion d'évoquer de joyeux souvenirs. Tomas conduisait la camionnette remplie de matériel en direction des montagnes. Les lignes droites de plaine laissaient place aux lacets grimpant les contreforts immaculés.

- Vous vous souvenez de cette fois où, parce que Tomas avait oublié de prendre les chaînes, nous avions dû rebrousser chemin ? lança Karen.

- Je te rappelle que c'est toi qui conduisais quand nous nous sommes enfoncés sur cette route enneigée ! coupa le spéléologue, en riant.

Cette fois ils avaient le véhicule adapté pour atteindre le col. Deux voitures étaient parquées à l'entrée du sentier menant à leur destination. Un pick-up de chasseur et un 4x4 visiblement plus habitué aux trajets en ville. Les trois chercheurs enfilèrent leurs vêtements de marche et chaussèrent leurs raquettes. La distance à parcourir n'était pas longue, mais le matériel pesant. Aussi avaient-ils pris soin de rassembler les équipements les plus encombrants dans un petit traîneau tiré par l'alpiniste. Ces premiers mètres dans la neige lui rappelaient d'autres expéditions. Il aimait sentir les éléments l'entourer, la forêt respirer lentement sous la neige. Il traçait d'un bon pas, suivi de près par Karen et Itashi. Ils se laissaient gagner par le silence de la montagne. Ils progressaient régulièrement sur le sentier où la neige avait recouvert les empreintes de leurs prédécesseurs. Une trace de gibier trahissait le passage récent d'un animal solitaire.

- Tout semble normal jusqu'ici, fit remarquer Karen.

Ses collègues acquiescèrent, mais l'arrivée d'un homme qui descendait le chemin rompit la monotonie de leur ascension. Il marchait d'un pas décidé. Ils s'arrêtèrent à son approche et lui demandèrent si tout allait bien là-haut. Il semblait sous le choc.

- Suivez-moi, répondit-il. Vous devez

voir ça.

Puis il rebroussa chemin sans hésiter. Ils le suivirent en accélérant l'allure. Il était visiblement pressé. Itashi appela le labo pour prévenir qu'ils avaient rencontré un homme dont le comportement était étrange.

- Il serait peut-être judicieux d'envoyer une équipe médicale, proposa-t-il.

Puis il donna une description sommaire de l'individu, mais ne s'attarda pas, pour garder son souffle. Pierre avançait en effet d'un bon pas. Il devait leur montrer. Il devait les amener là-bas. Les chuchotements s'intensifiaient dans sa tête : « Vieeens… vieeens ». Les autres le suivaient. Tout se passerait bien. Il avait le sentiment d'accomplir parfaitement sa mission. Karen ralentit pour marcher à la hauteur d'Itashi.

- Je le sens pas ce type, chuchota-t-elle.

Les murmures envahissaient l'esprit de Pierre. Il savait ce qu'il avait à faire.

- Restons sur nos gardes, répondit le sismologue à la géophysicienne.

Tomas tenta d'entrer en contact avec leur guide :

- Vous êtes seul ? Vous êtes venu chasser ? Vous avez vu des promeneurs ?

Vous êtes arrivé comme nous par le col ? Il y avait déjà une voiture ?

Mais Pierre ne lui répondait pas. Il avançait. Concentré sur son objectif.

Quelques centaines de mètres plus haut, Ariane se réveillait dans sa chrysalide. Elle avait la tête à l'envers. Un autre prénom lui vint à l'esprit, Enaira. « Ouiii, Enairaaa », lui confirma un chuchotement. Elle sentait son corps différent. La gangue qui l'enveloppait se fendillait dans son dos. Elle avait envie de s'étirer. Elle poussait sur ses membres et arrondissait sa colonne. Quelque chose de nouveau sortait de ses omoplates. Les petits yeux autour d'elle contemplaient sa métamorphose. De longues ailes froissées émergeaient de la coque qui s'ouvrait davantage. Le corps enflait et craquait l'enveloppe ambrée. Enaira s'arc-boutait pour sortir de cette emprise. À force de contorsions, elle parvint à dégager ses pattes et son abdomen et réalisa qu'elle n'était plus la même, sans que cela ne la gêne le moins du monde. Elle prit un moment pour laisser sa nouvelle forme s'étirer naturellement. Elle passa ses pattes sur ses yeux et sentit ses ailes se défroisser en vibrant doucement. Les petits yeux clignaient comme pour l'encourager. Lorsqu'elle fut prête, une nuée s'envola en tourbillonnant autour d'elle, et Enaira décolla pour les suivre. Derrière elle, un souffle venu du gouffre murmurait : « Vaaaaaa ! » Elle devait retrouver son amour.

Pierre et les trois scientifiques arrivaient à la cabane quand ils entendirent un froissement sonore s'élever de la forêt. Comme la nuit tombait, ils ne virent pas ce qui provoquait ce phénomène. Itashi tenta d'obtenir des réponses de Pierre, mais ce dernier se contentait de s'occuper du feu comme s'il était seul dans la cabane. Il vaquait à ses occupations simples, laissant les trois chercheurs se perdre en conjectures en examinant les affaires des trois jeunes gens qui avaient partagé le refuge avec lui. Il fumait sa pipe patiemment. Tomas préparait le matériel pour aller explorer le gouffre le lendemain pendant que Karen appelait le labo. Son rapport inquiétait le CEG qui décida d'alerter les autorités.
- Quelque chose d'anormal se passe là-bas. Soyez prudents, lui recommandèrent ses collègues.
Pierre alla s'allonger et s'endormit sans se soucier des trois autres. Il fit de beaux rêves. Bientôt il serait récompensé de ses efforts.

Flash spécial : Une équipe de chercheurs déclare avoir identifié une activité sismique anormale dans une région montagneuse préalpine. Des scientifiques sont sur place. Un effondrement de terrain a été enregistré dont on ne connaît pas encore la cause. La zone est interdite d'accès dans l'attente d'autres résultats.

Devant son écran, Imran a soudain la conviction qu'il s'agit de l'endroit où est allé chasser son père. Il doit aller voir s'il a besoin d'aide.

La nuit des trois chercheurs ne fut pas de tout repos. Leur guide dormait comme un bébé quand ils sentirent le sol vrombir un moment. Itashi n'avait jamais ressenti une telle secousse. Ce n'était ni long ni puissant, juste comme si la terre avait frissonné. Karen s'était réveillée en sueur d'un cauchemar. Tout s'effondrait autour d'elle. Attablée en famille, elle fêtait l'anniversaire du petit dernier de ses trois enfants. Après avoir soufflé ses cinq bougies, ils l'avaient accompagné dans le jardin pour découvrir son cadeau, un jeune labrador qui jouait avec le nœud qu'on lui avait attaché au cou, en guise de paquet cadeau. L'enfant avait ri aux éclats en voyant l'animal et tous l'avaient suivi de bon cœur. Mais le souvenir s'effilochait. Ses contours devenaient flous. Les visages s'érodaient. Karen tentait de retenir les siens qui s'effritaient. En vain. Elle garda longtemps une sensation de vécu amer avant de retrouver ses esprits. Quant à Tomas, il se réveilla en demandant si quelqu'un avait entendu qu'on les appelait. Il était seul à avoir perçu les murmures cette nuit-là et ils n'accordèrent pas davantage d'intérêt à ce phénomène. Aussi furent-ils prêts à partir tôt pour aller explorer la forêt derrière la cabane, où leurs instruments avaient localisé l'épicentre de la première secousse. Pierre les guidait toujours, bien qu'ils lui aient recommandé de rester à l'abri. Tomas avançait en tête, suivi de Pierre, dont Karen surveillait chacun des gestes, puis Itashi fermait la marche.

Tomas semblait savoir où il allait. D'autres expéditions l'avaient amené à croiser des situations étranges. En Amazonie, un vieil indien de la forêt les avait guidés, lui et son équipe, sans dire un mot pendant des jours, pour rejoindre un gouffre censé abriter des vestiges précolombiens. Il ressentait de nouveau cette atmosphère moite, bien qu'aujourd'hui la forêt soit enneigée et pas aussi luxuriante. Lors de ce voyage, il avait entendu les chuchotements des esprits de la forêt et n'était pas trop étonné de les retrouver ici. « Vengaaa »[1], susurrait la voix. Leurs recherches avaient été couronnées de succès, mais il ne parvenait pas à se souvenir exactement ce qu'ils avaient trouvé. Une vague image d'un objet dans l'ambre s'effaçait de sa mémoire. Pierre interrompit ses réminiscences en déclarant : « C'est ici. »

Les chercheurs ne remarquèrent pas tout de suite l'absence de lumière de la zone entourée par les arbres. Leur aspect rongé saisit d'abord leurs regards. Pierre constata que la zone s'était élargie, mais il ne dit rien. Karen leur fit remarquer le silence étouffé qui régnait, à peine rompu par un fin ronflement émanant du trou. Itashi s'approcha pour rejoindre le bord du gouffre.
- Regardez au fond, souffla-t-il.
Des centaines de petites lumières entouraient une grande masse sombre. Tomas

---

1   Vieeens, en espagnol.

éclaira l'endroit de sa lampe et tous virent que le gouffre avait la largeur d'une place de village. Une structure alvéolaire atteignait presque la sortie et semblait descendre profondément.

- On dirait de la terre maçonnée ou du carton, une sorte de concrétion ovoïde, ça fait plusieurs étages, déclara le spéléologue.

Karen sentit une sueur froide lui parcourir l'échine.

- C'est un nid, déclara-t-elle.

Les lumières, qui jusqu'alors oscillaient lentement, se figèrent. Itashi partit en courant et en criant :

- Fuyez !

Karen était déjà derrière lui. Mais Tomas n'eut pas le temps d'éviter le coup que Pierre lui asséna pour le pousser dans le gouffre. Le spéléologue fut dépecé et emballé avant d'atteindre le fond. Les deux autres chercheurs sentaient une vague vrombissante à leurs trousses. Ils n'échapperaient sans doute pas à leur sort, mais leur instinct de survie les poussait à courir aussi vite que leurs jambes le leur permettaient. Pendant ce temps, Pierre ouvrit grand les bras sous le vol de leurs poursuivants.

- Venez, lança-t-il, couvrez-moi de chitine, préparez-moi pour la noce et j'irai
retrouver ma reine.

33

C'était un grand jour pour lui. Il allait pouvoir enfin devenir celui qu'il devait être. Les mâchoires qui le débarrassaient de sa vieille peau lui procuraient un plaisir exquis. Ce n'était pas le cas d'Itashi qui résistait à ses assaillants, en hurlant à Karen de se sauver. La jeune femme fuyait à toutes jambes en pensant à ses enfants et à leur père. Cette dernière vision la réconforta. Elle retrouverait bientôt sa progéniture et celui qu'elle aimait. Elle se laissa délicatement dépecer pendant que le sismologue se faisait dévorer.

Le CEG était en ébullition. Tomas avait pris soin d'équiper les membres du groupe de caméras pour retransmettre leurs observations. Leurs collègues assistèrent impuissants et horrifiés à leur fin tragique sans comprendre ni savoir que faire.

L'annonce de la disparition des trois chercheurs secoua la communauté scientifique. Par ailleurs, un satellite d'observation géographique confirmait l'élargissement du gouffre. Enfin, l'observatoire cosmique oriental diffusait une vidéo de la chute d'une météorite dans la région des montagnes de l'Est. Il n'en fallait pas plus pour que des ufologues associent la secousse à l'impact de cet ovni. La circulation d'informations contradictoires commençait à rendre la situation difficilement compréhensible.

De son côté, Imran cherchait de l'aide pour partir à la recherche de son père. Son ami Ludo pourrait sans doute accéder à d'autres informations que celles diffusées par les médias officiels. Habitué à fouiner dans toutes sortes de réseaux, il arriverait sûrement à flairer une piste. En entrant dans le petit studio de l'étudiant, Imran le trouva assis comme toujours devant ses écrans sur lesquels défilaient des données qu'il semblait seul à comprendre.
- Tu as bien fait de m'appeler, petit, lança-t-il à Imran sans se retourner.
Ils se connaissaient depuis l'enfance et Imran avait toujours été plus grand que Ludo, mais ce dernier l'appelait ainsi depuis leur rencontre, avec ironie plutôt que condescendance.
- Dis-moi tout, répondit Imran.

- J'ai cherché d'où pouvaient venir les scientifiques disparus. Puisque les médias ont parlé d'effondrement et d'activité sismique, je me suis concentré sur les bureaux d'études géologiques. Le plus sérieux dans la région est le centre d'études géologiques du Sud-Est. Ils sont visiblement pointus question tremblements de terre, mais ce sont des quiches en protection informatique. J'ai réussi à me connecter à leur réseau et j'ai accédé aux enregistrements de leurs derniers appels avec les chercheurs sur place. Ça sent pas bon. Ils ont trouvé un gars qui pourrait être ton père, mais ils n'en disent pas assez pour que j'en sois sûr. En tout cas, j'ai l'impression que le problème est costaud. J'ai fouillé du côté des groupes qui surveillent les activités militaires, l'industrie nucléaire et les ovnis, on ne sait jamais. Si ton père a côtoyé des aliens, il faut que tu te prépares au pire, petit. Et je te conseille de trouver des renforts pour ne pas aller seul le sortir de cette merde.

Imran savait qu'il n'aurait pas besoin d'insister pour embarquer ses amis dans l'aventure. Ses collègues du club de tir à l'arc étaient toujours partants pour aller chasser en montagne. Le furet, le crotale et la fouine répondirent présents à l'appel du renard. Afin de rester discret, Ludo avait recommandé à Imran d'utiliser des réseaux cryptés et de communiquer en utilisant des pseudos. Les premiers qui lui vinrent à l'esprit étaient leurs noms d'archers pour les entraînements. Les quatre amis partirent donc avec enthousiasme et une pointe d'appréhension, une fois qu'Imran eut terminé de leur présenter la situation. Ils empaquetèrent leur matériel dans des sacs à dos et prirent la direction du point GPS indiqué par Ludo. Arrivés au col, ils reconnurent la voiture de Pierre. Cela confirmait le pressentiment d'Imran. Ils montèrent rapidement à la cabane où ils trouvèrent ses affaires et lui laissèrent un message pour lui indiquer leur présence.

Au bord du gouffre, Pierre sentait son corps se réveiller. Un parfum irrésistible l'invitait à sortir de sa gangue. Il s'était fait enchitiner debout, légèrement cambré, les bras vers le ciel. Sa silhouette veillait au-dessus du nid. Sa chrysalide s'ouvrit sur son thorax et il déchira l'enveloppe avec ses pattes qu'il posa sur le bord du trou. Le dos rond, il laissa ses ailes se renforcer avant de les agiter souplement. Il observait le nid, et une nouvelle vague de parfum lui donna encore envie de rejoindre sa reine. Son nom lui revint, Enaira. Le sien lui apparut comme une évidence : Erreip.

Il s'ébroua pour se débarrasser des derniers morceaux d'enveloppe et décolla dans un puissant bruissement d'ailes, suivi de quelques dizaines de congénères.

Imran et ses amis arrivèrent un moment après. Chaudement équipés, ils rampèrent jusqu'à l'embouchure du gouffre. Tout était calme, mais le vrombissement émanant du nid ne laissait rien présager de bon. Cependant, comme la nuit tombait, ils décidèrent de rester à l'affût, camouflés près du gouffre, pour observer d'éventuels changements et attendre le retour de Pierre. Emballé dans son duvet, Imran envoya un dernier message à Ludo pour lui raconter leurs observations avant de s'endormir.

Il avait convenu avec ses comparses de se relayer pour veiller. Il serait le premier de garde et il était soulagé de savoir que le furet prenait le quart suivant. Les trois autres semblaient avoir besoin de repos autant que lui. Le crotale s'endormit comme une souche et se réveilla trois heures plus tard pour relayer le furet.

Les songes de ce dernier furent ponctués de murmures répétés : « Approoooche… approoooche… » Il errait dans un sous-bois. Il ne s'était jamais senti aussi perdu. « Y-a quelqu'un ? » tentait-il d'appeler désespérément, tandis qu'Imran dormait sereinement. Ils venaient de remporter leur premier tournoi en équipe. Leur entraîneur pleurait de joie. Imran et ses amis le faisaient sauter en l'air en le portant dans leurs bras. Il semblait suspendu de bonheur, comme s'il ne retomberait jamais. Le sommeil de la fouine semblait agité aussi. Elle tournait dans son duvet et son front perlait de sueur. Un visage lui apparaissait et s'effaçait au fur et à mesure qu'elle s'en approchait. Elle ne parviendrait visiblement pas à distinguer nettement la figure qui se présentait à elle. Aussi apprécia-t-elle de prendre son tour de veille pour ne plus avoir à supporter ce cycle sans fin. Elle sortit Imran de ses doux songes. Il cala son dos à un arbre à moitié rongé, scrutant le gouffre dont les bords se dessinaient à la lueur du jour naissant.

Au fond du trou, Samot ne se souvenait pas qu'il avait un jour été Tomas. Il sortait de sa chrysalide, comme si c'était sa première naissance. De même, à quelques pas du gouffre, Nerak avait oublié Karen et s'étirait hors de son cocon sous les arbres. Imran avait entendu de légers craquements dans le trou et rampa jusqu'au bord, mais il ne voyait rien au fond, encore dans l'ombre. En revanche, lorsque Nerak fit vibrer ses ailes, il comprit qu'elle était juste derrière l'arbre auquel il était adossé. Il rampa à reculons discrètement et réussit à l'observer sans se faire voir. Elle se préparait à décoller quand Samot émergea du trou. Imran la vit se tourner en direction de son prétendant et émettre des effluves pour enivrer son partenaire. Une brume émanait d'elle, dans laquelle passaient les rayons du soleil rasant. Samot ne se fit pas prier et vola vers Nerak. Celle-ci décolla en un battement d'ailes et entama un ballet aérien qui semblait au goût de son partenaire. Imran profita du fait que les deux amants étaient concentrés sur leurs amours pour réveiller ses camarades discrètement. Leur sang ne fit qu'un tour.

À des kilomètres de là, Erreip volait avec une escadrille déterminée à conquérir un nouveau territoire. Excité par les phéromones laissées par Enaira, il sentait qu'il approchait de sa reine et qu'il pourrait établir leur royaume prochainement. La reine avançait en éclaireuse. Elle cherchait un lieu suffisamment vaste pour accueillir l'essaim. Son époux la rejoindrait bientôt avec des dizaines d'ouvriers pour façonner leur nid. Son instinct la guida vers une région de vastes cultures dont le sous-sol était creux. Elle choisit une zone éloignée des villes. En explorant son nouveau territoire, elle découvrit d'anciennes galeries. À l'odeur, il y avait sans doute eu une champignonnière ici. Les ouvriers pourraient donc s'économiser l'effort du forage. Elle balisa le parcours de phéromones vers la plus grande salle, puis elle fit un brin de toilette en attendant son prétendant. À peine arrivé, Erreip rejoignit sa reine pour un court ballet nuptial, conclu par une extase en plein ciel, incomparable avec tous les plaisirs qu'ils avaient goûtés jusqu'à ce jour. Une fois leurs amours consommées, Enaira entreprit d'aller pondre dans les premières alvéoles façonnées par leurs ouvriers qui continuaient à construire le nid pour le confort de leur reine et de ses petits. Pendant ce temps, Erreip chuchotait pour attirer des promeneurs isolés qui serviraient de repas à l'éclosion des larves. Il attirait aussi de nouveaux reproducteurs et de futures reines pour fonder d'autres royaumes. Les couples royaux pourraient bientôt repartir à la recherche de régions à investir pendant que les nourrices élèveraient les petits. La colonisation semblait bien engagée et les essaims s'approcheraient bientôt des villes pour trouver davantage de proies et augmenter la croissance des petits en taille et en nombre.

Dans la forêt, le vol nuptial de Nerak et Samot semblait hypnotiser Imran. Il se souvenait de la fois où il avait embrassé la fouine. La saveur délicatement salée de ses lèvres. Son prénom ne lui revenait pas et il n'eut pas le loisir de poursuivre sa visite de ses souvenirs pour se le remémorer, car le furet le sortit de sa torpeur.
- Hey, t'es avec nous, mec ?

Imran quitta son rêve au moment où le crotale bandait son arc en direction du couple volant. L'archer décocha sa flèche qui traversa la tête de Samot en plein vol. Nerak lança un regard haineux vers les chasseurs, mais voyant son prétendant chuter dans le gouffre, elle partit à tire-d'aile, suivie par l'essaim vrombissant. Imran eut l'impression d'entendre quelqu'un lui chuchoter : « Suuuis-leees ». Comme ses amis, il s'était aplati sous son filet de camouflage, espérant ne pas être attaqué. Au bout d'un moment, ils sortirent de leur cachette. La forêt était calme. Ils s'approchèrent du trou pour vérifier que le nid était vide. Au sommet de la structure, le corps de Samot gisait, les ailes pendantes, une flèche dans la tête. La neige se remit à tomber.

45

À des centaines de kilomètres plus au Sud, Nerak approchait d'une carrière de pierre abandonnée, suivie de près par l'essaim qui l'avait vu naître. La région, couverte de vignes dénudées, avait un air lugubre, autant que celle qu'avait choisie Enaira inspirait la désolation. Mais la reine se fichait bien du paysage. La seule chose qui lui importait était de trouver un nouvel amant pour assurer la survie de son espèce. Elle commença donc à chuchoter pour attirer de nouvelles proies pendant que ses ouvriers façonnaient le nid.

Après avoir repris leurs esprits, Imran et ses amis, toujours sans nouvelles de Pierre, décidèrent qu'ils devaient trouver un moyen de supprimer les essaims. Ils retournèrent chez Ludo. Ce dernier les informa qu'en restant connecté aux réseaux, il avait trouvé une piste pour rejoindre l'essaim du Sud.
- Et à part ça, j'ai chopé une conversation de cibistes dans les plaines centrales de l'Ouest qui parlaient de nuées inhabituelles au-dessus d'anciennes champignonnières. Sinon, sur un forum de cy-

bergladiateurs, j'ai trouvé un joujou qui va vous plaire : une arbalète à filet électrique. Avec ça vous devriez griller plus de bestioles qu'en les dégommant une par une avec vos flèches. Ne perdez pas de temps, allez-y. Débarrassez-moi de cette vermine ! Et ne me remercie pas, petit, ajouta-t-il, en reprenant sa posture habituelle face aux écrans.

Les chasseurs fatigués prirent le temps de se reposer une heure. Assoupi dans un fauteuil, Imran revivait le dernier bivouac qu'il avait partagé avec son père. Ce dernier l'avait félicité pour ses progrès à la chasse à l'arc.

- C'est un beau lièvre que tu nous as rapporté là. Tu es aussi efficace avec tes flèches maintenant que moi avec mon fusil.

Ils évoquaient autour du feu quelques prises mémorables et surtout le plaisir qu'ils avaient eu à partager de belles escapades dans la nature. Pendant que Pierre parlait en agitant les bras, son ombre projetait sur les arbres comme des ailes. On aurait dit qu'il allait s'envoler. Imran s'endormit sur cette image, dans le crépitement des braises. Lorsqu'il se réveilla chez Ludo, il avait oublié son rêve et ses camarades étaient déjà en train de discuter de la meilleure manière d'attaquer les envahisseurs.

De la champignonnière allaient et venaient justement des nuées étranges, filmées par un vidéaste amateur. Il diffusa ces images qui firent le tour des réseaux en boucle. Les citadins qui ne s'inquiétaient pas jusqu'ici de la situation commençaient à se poser des questions. Les autorités prenaient-elles les bonnes dispositions ?

Imran et ses amis avaient décidé de partager le groupe en deux : le crotale et la fouine au Sud, le furet et Imran à l'Ouest. Pendant que le furet conduisait, l'esprit d'Imran se perdait dans le paysage. Les plaines s'étalaient à perte de vue. Ils arriveraient bientôt à la champignonnière. Un murmure fit irruption dans sa tête : « Fiiiiils ».
- Tu as entendu ? demanda-t-il au furet.
Ce dernier fit signe que non, mais il avait distinctement perçu l'appel aussi. Seulement, il avait le pressentiment depuis leur exploration de la forêt que le père de son ami avait été pris par les

bestioles. Il préférait ne pas évoquer cette hypothèse pour garder un peu d'espoir de le retrouver. De toute façon ils arrivaient. Au moment de sortir de la voiture, une nuée bourdonnante sortit de terre. Les deux archers n'eurent pas le temps de bander leurs arcs. L'essaim était déjà loin. Ludo les appelait justement :

- En selle, cowboys ! J'ai trouvé un moyen de tracer vos bestioles. Elles filent vers l'océan. Je vous guide.

De leur côté, la fouine et le crotale arrivaient à la carrière.

- L'endroit fout les jetons, chuchota la fouine.

Ils entrèrent prudemment dans la galerie principale, un vaste couloir dont émanait une odeur crayeuse et humide. Ils avançaient à la lueur d'une seule frontale, espérant ne pas être repérés trop vite. Au fond de la galerie, ils débouchèrent sur une grande salle. Le crotale éclaira les tunnels d'aération. Puis le faisceau de la lampe balaya une structure en construction. Une sorte de large coupe montait comme une poterie sur un tour, sauf que le vase mesurait plusieurs mètres de haut. À ses bords, des ouvriers façonnaient des alvéoles avec application. À l'intérieur, la structure offrait à Nerak une place de choix d'où elle dominait la situation. Telle une reine sur son trône, elle semblait orchestrer les opérations. Soudain, elle vit la lumière des intrus et poussa un puissant : « Ssshhhhh ! » Des centaines de paires d'yeux braquèrent en direction des archers. Le crotale banda son arc et la fouine arma l'arbalète. Une escadrille fonça sur eux et reçut un premier filet électrique. Une masse grésillante tomba sur le sol. Des flèches se plantaient dans les thorax, les abdomens et les têtes. Le crotale ne manquait jamais une cible. La fouine quant à elle multipliait les tirs de filets qui empaquetaient plusieurs assaillants à chaque fois. Nerak s'apprêtait à intervenir. Sa garde rapprochée l'entourait, prête à attaquer. La fouine et le crotale gagnaient du terrain. Un des filets électriques tomba sur la structure qui prit feu.

- Il ne faut pas rester là, lança le crotale à la fouine.

Elle attaqua encore et un paquet de bestioles grillées enflamma une autre partie du nid.

- On décroche, ordonna le crotale.

La fouine s'engouffra dans une galerie d'aération, tandis que l'essaim était en proie aux flammes. Le crotale n'eut pas le temps d'atteindre la sortie. Il fut saisi par des pattes puissantes et sentit un dard brûlant se planter dans son dos.

- Fonce ! eut-il juste le temps de crier à la fouine, avant de succomber au venin.

Dans la confusion, les gardes de Nerak n'avaient pas vu une des flèches du crotale se planter dans l'abdomen de la reine. Elle essayait de tirer dessus pour se sortir de là, mais resta plantée sur son trône, sans que ses fidèles ne sachent comment lui venir en aide. Le feu embrasait toute la structure et fit monter la température à l'intérieur de la galerie. Le nid éclata comme une grosse pomme de pin. Le souffle propulsa la fouine hors de la galerie. Elle atterrit dans un buisson plus bas, sonnée. Pas le temps de reprendre ses esprits ni de pleurer son ami. Elle courut vers la voiture, s'y engouffra, mit le contact et roula le plus vite possible. Dans le rétroviseur, elle

apercevait des flammes sortir des diffé-
rentes issues de la galerie. La colline
s'embrasait. Des villages alentour, nombreux furent ceux qui témoignèrent plus
tard avoir entendu de grands hurle-
ments. Ces cris terrifiants résonnèrent
longtemps dans la tête de la fouine.

Ludo ne parvenait pas à joindre la fouine. Il venait de voir les images satellites du grand incendie qui ravageait la garrigue. Le portable du crotale ne répondait pas non plus.

- Merde, merde, merde ! Répondez ! insistait-il en laissant sonner en vain.

Puis il reprit la liaison avec Imran et le furet. Ces derniers arrivaient à une forêt située derrière une grande dune bordant l'océan.

- A priori vous approchez les gars. Je n'arrive pas à joindre les autres. Je ne sais pas ce qu'ils ont foutu, mais la zone où ils sont est en flammes. Je vais continuer de les contacter et transmettre autant d'infos que possible sur les réseaux pour tenter d'augmenter les renforts. Malheureusement l'affaire ne passionne pas les foules. L'opinion s'en fiche comme de son premier naufrage de migrants climatiques. Les gens préfèrent spéculer sur les résultats du mondial de racket ball qui vient de démarrer.

Seuls quelques acharnés en effet répondaient à l'appel, mais Ludo doutait de leur sérieux autant que de leur efficacité. Cependant, il n'avait d'autre choix que de faire confiance à la poignée de volontaires qui daignait prendre la route en direction de l'océan pour aller prêter main-forte à ses amis.

La nuit tombait et les archers, ayant conduit toute la journée, décidèrent d'attendre le lendemain pour agir. Si la fouine et le crotale pouvaient les rejoindre avec de nouvelles recrues, ils augmenteraient leurs chances de réussite. En attendant, ils tentaient de se reposer à distance de la zone où Erreip et Enaira avaient implanté leur nouveau nid.

- Nous attaquerons à l'aube, proposa le furet.

Imran ne répondait pas, de plus en plus perdu dans ses pensées.

- Tu devrais dormir un peu, lui dit son ami. Je te réveillerai pour faire un somme avant d'attaquer.

Imran était déjà en train de sombrer. Il acquiesça à peine et se laissa emporter par le sommeil. Son père était là, face à lui. Il lui souriait et l'invitait à le suivre. Imran ne se souvenait pas avoir vécu cette scène. C'était comme s'il imaginait

leurs retrouvailles. Il suivait Pierre dans une forêt lumineuse. Le chasseur avançait sans se retourner, d'un pas vif. Imran ne parvenait pas à garder le rythme. Il devait courir alors que son père marchait. Il l'appelait, « Papa ! » Mais ce dernier ne l'attendait pas. Plus Imran accélérait, plus l'image de son père s'estompait. « Papa ! » Il avait beau filer aussi vite que possible, son père s'effaçait. La silhouette finit par tomber en lambeau.
- Papaaa !
- Ça va mec ? Respire ! Tu as fait un cauchemar.
Imran reprenait son souffle.
- Je sens que je vais le perdre, murmura-t-il.
- On va tout faire pour le retrouver, tenta de le rassurer le furet. Viens, on lève le camp.

Entre-temps, Ludo avait réussi à reprendre contact avec la fouine qui lui demanda :
- Dis-moi où sont les gars. Je vais les rejoindre. Nous devons exterminer ces saloperies. Sinon le crotale sera mort pour rien.

- Je t'envoie le point GPS. Tu devrais arriver à temps. Ils ont prévu d'attaquer ce matin.

Pendant qu'elle roulait, la fouine se laissait envelopper par la nuit. Son esprit s'assombrissait aussi.

- Je vais tous les buter ces bâtards !
- Viennns… vieeens… l'encourageait une voix dans sa tête.
- Va te faire foutre, répondit-elle !
Et elle mit la musique à fond.

Au moment où Imran et le furet sortaient de la voiture, la fouine arriva en trombe.

- On y va, affirma-t-elle simplement, d'un ton qui n'appelait pas de questions. Inutile d'en rajouter, pensèrent ses amis qui lui emboîtèrent le pas en direction de l'océan. Les effluves de pins mêlés à l'air iodé ne trahissaient pas la moindre présence. Pourtant, à l'approche de la dune, ils aperçurent une sentinelle à l'entrée d'un tunnel creusé dans le sable. Tapis dans l'ombre, les trois chasseurs se consultèrent du regard. Le furet avait déjà bandé son arc et décocha une flèche qui traversa le cou du soldat. Il s'affala sans un cri et les trois amis scrutèrent la dune pour vérifier qu'aucune autre sortie ne permettrait à ses congénères de les prendre à revers. Il fallait agir vite, le ciel commençait à s'éclaircir derrière eux. Ils marchèrent rapidement jusqu'au tunnel. La galerie avait été consolidée avec la même texture que les nids. La fouine avançait en tête, prête à dégainer son arbalète, concentrée. Imran la suivait, arc bandé, et le furet assurait leurs arrières. Aucun des deux amis d'Imran ne voyait les grosses gouttes de sueur qui perlaient à son front. Son esprit s'embrumait. « Fiiiils… iciiiii… » répétait la voix dans sa tête. Comment allait-il retrouver son père ? Ils débouchèrent dans une vaste salle dont la moitié était occupée par une boule ressemblant aux constructions qu'ils avaient vues auparavant. Enaira et Erreip semblaient les attendre, trônant orgueilleusement sur leur essaim. Lorsqu'Imran reconnut son père, il resta un moment figé, sous le choc. « Enfiiiiin, » résonna la voix dans sa tête.

- Restez concentrés les gars, lança la fouine.

Les ouvriers abandonnèrent leurs tâches et décollèrent immédiatement en direction des trois intrus. La fouine lança son premier filet. Imran et le furet décochèrent leurs flèches. Tous faisaient mouche, mais les assaillants étaient trop nombreux. Ils furent bientôt encerclés. Dos à dos, les trois chasseurs ne baissaient pas les armes. Enaira et Erreip volèrent jusqu'à eux. La voix se précisa dans l'esprit d'Imran.

- Rejoiiins-moiii ! chuchotait son père.

- Jamais ! répondit-il en décochant sa flèche dans le thorax de ce dernier.

La reine fondit sur l'archer qui n'eut pas le temps de bander son arc à nouveau et reçut un coup de dard fatal. La fouine avait lâché un nouveau filet et grilla quelques ouvriers, mais elle fut piquée et déjà elle sentait le venin s'infiltrer dans ses veines. Quant au furet, il ne put décocher sa dernière flèche, dévoré par les gardes royaux. À l'entrée de la galerie, une troupe de quelques braves arrivait trop tard. Ils furent accueillis et massacrés par une escadrille furieuse. Leur roi était mort, ils allaient le venger. Un homme moins vaillant que les autres n'avait pas pu arriver à temps et rebroussa chemin après avoir filmé la fin du massacre à distance. Il posta sur les réseaux un message vidéo depuis son téléphone, vu par quelques milliers d'internautes, dont Ludo. Ses derniers mots étaient : « Une nouvelle espèce va remplacer l'humanité ; dommage que nous n'ayons pas été assez solidaires pour la préserver. »

Le soleil se levait derrière la forêt, éclairant le sommet de la dune qui prenait des teintes dorées face à l'océan. Sous le sable, Enaira balaya une larme d'un coup de patte, puis elle prit son envol, suivie d'une nuée assombrissant un instant la dune, avant de se disperser. Elle poussa un dernier « Ssssshhhhhhh » sonore, bientôt couvert par le son des vagues qui roulaient sur la rive au pied de la dune.

Benoît Houssier invente des histoires depuis toujours et en écrit depuis plus de dix ans. La vie, la mort, l'amour et l'humour noir palpitent dans ses aventures. Au fil des pages, des personnages très attachants croisent des ordures. L'action se passe dans des situations très réelles ou des univers fantastiques, où se glisse parfois un grain de folie.

Maud Morel est née dans un temps où nul ne se souciait de l'espace. Aujourd'hui, moins elle en dispose, plus elle s'épanouit. Son univers en expansion se colore de pensées lumineuses, clics instantanés issus de son cortex décomplexé. Elle tapisse aussi les feuilles qui poussent autour de mots inspirés des sons qu'elle savoure à petite goulée. Ces libations se partagent sans modération, comme de belles accolades. Bras dessus, bras dessous, ses crayons et pinceaux partagent des histoires jusque tard, dansent le temps d'un sourire, un instant.

Retrouvez d'autres illustrations de Maud sur www.kartaline.fr

Du même auteur :

Empreintes, recueil de nouvelles
novembre 2017
Éditions BoD – Books on Demand
ISBN : 978-2-322-10014-9

Mémé Justice, petit roman policier
novembre 2018 – Éditions BoD
ISBN : 978-2-322-08999-4

Libérez la page blanche ! Jeux d'écritures
novembre 2018 – Éditions BoD
ISBN : 978-2-322-16618-3

Pulsions textuelles, recueil de nouvelles
juillet 2023 – Éditions BoD
ISBN : 9782322486649

Émotions écrites, pistes d'écriture
à explorer seul ou en ateliers
novembre 2023 – Éditions BoD
ISBN : 978-2-322-518227

Recueils de poésie :
édités à compte d'auteur par Benoît
Houssier, illustrés par Maud Morel
et imprimés en 90 exemplaires :

Peu avant l'ombre,
poésies et proses libres
imprimé par Scopie à Toulouse
Novembre 2021

Du temps à l'espace
imprimé par Pixartprinting
Novembre 2022

Livres jeunesse :

Quête à rebours,
un conte presque merveilleux
août 2019 – Éd. BoD à partir de 9 ans
ISBN : 978-2-322-03201-3

Sauvetage, illustré par Michèle Caranove
nov. 2020 – Éd. BoD à partir de 8 ans
ISBN : 978-2-322-27440-6

Interdit de rêver, dystopie fantastique
juin 2021 – Éd. BoD à partir de 10 ans
ISBN : 978-2-322-26922-8

Loi n°49-956 du 16 juillet 1949 sur les publications destinées à la jeunesse, modifiée par la loi n° 2011-525 du 17 mai 2011.

Les murmures de la forêt
Imprimé à compte d'auteur
© 2024 Benoît Houssier
Relu et corrigé par Nelly Nivoix
Édition: BoD – Books on Demand,
info@bod.fr
Impression : BoD – Books on Demand,
In de Tarpen 42, Norderstedt
(Allemagne) Impression à la demande
ISBN : 978-2-3225-3677-1
Dépôt légal : avril 2024